LES

FRANCS-PÉTEURS

POÈME EN DIX LIVRAISONS

PAR J.-B. PAGET

PÉTEUR ÉMÉRITE

UNE LIVRAISON PAR SEMAINE

On s'abonne : Rue de la Lune, n° 100, sur le derrière.

20 centimes la Livraison.

Oui, je le dis avec raison,
A quatre sous la livraison
C'est cher, et j'estime
Que ça ne vaut qu'un centime !

AUXONNE
IMPRIMERIE ET LITHOGRAPHIE DE VICTOR CHARREAU
1873

LES

FRANCS-PÉTEURS

LES

FRANCS-PÉTEURS

POÈME EN DIX LIVRAISONS

PAR J.-B. PAGET

PÉTEUR ÉMÉRITE

UNE LIVRAISON PAR SEMAINE

On s'abonne : Rue de la Lune, n° 100, sur le derrière

—

20 centimes la Livraison.

Oui, je le dis avec raison,
A quatre sous la livraison
C'est cher, et j'estime
Que ça ne vaut qu'un centime !

AUXONNE
IMPRIMERIE ET LITHOGRAPHIE DE VICTOR CHARREAU
—
1873

AVANT-PROPOS

Pour l'acquit de ma conscience, je dois dire que les quelques malices à l'endroit des francs-maçons et des hommes de justice, qui se trouvent dans ce petit ouvrage, ne sont pas de mon fait. Elles sont extraites d'un volume en prose, intitulé : LES FRANCS-PÉTEURS, *portant la date de 1774. Ce sujet me parut assez original, et j'en ai tiré le poème suivant, que j'ai cru devoir rajeunir par quelques faits contemporains.*

Si ce petit livre excite quelques sourires, il aura atteint le seul but que je me suis proposé en l'écrivant.

PAGET-PONTUS.

Auxonne, octobre 1873

PREMIÈRE LIVRAISON

Réveille-toi, chantre de la Provence!
Gai troubadour, j'ai de toi souvenance.
Viens me redire en sons harmonieux
Les grands travaux et les faits glorieux
Dont tes aïeux ont enrichi l'histoire.
Viens m'entrouvrir les fastes de la gloire,
Guide mes pas, éclaire ma raison;
Autour de moi viens répandre à foison
Tous les trésors de ta muse féconde,
Et viens m'aider à corriger le monde!

A l'œuvre donc, sages réformateurs;
A l'œuvre aussi, vous, ardents novateurs;

Que la lumière à votre aspect paraisse!
En traits brûlants flétrissez la paresse,
A la réforme appelez les humains,
D'un joug honteux brisez tous les liens!

Des jeunes gens au cœur simple et candide,
Tous animés d'un courage intrépide,
Comme un faisceau de frais épis de blés,
En un jardin s'étaient douze assemblés (1).
Non loin d'Uzès, au pays de Provence,
Sur le soleil ils avaient pris l'avance;
Ils dissertaient sur les meilleurs moyens
D'émanciper tous leurs concitoyens.
La Liberté! Telle était leur idole...
On n'entendit pas un discours frivole:
On raisonna sur le choix des abus
Qui, les premiers, seraient mis aux rebuts.

A notre honte, un long passé l'atteste,
Le siècle passe et le préjugé reste!

(1) Dans un vaste jardin, des jeunes gens assemblés au nombre de douze, âgés d'environ 20 à 25 ans, dissertaient fort sur la puissance des préjugés, sur leur tyrannie et la difficulté de la vaincre; ils établissaient ceux qui gênaient davantage la liberté, et dont il serait plus à propos de se départir. Dans le même instant un de ces dissertateurs donna congé à un vent qui fit beaucoup de bruit.

(*L'Art de péter*, page 10; 1771.)

On discuta sur le *plus* et le *moins*,
Et de bien dire on apporta des soins.
De cent façons on retourna le thème;
Et grâvement, sans le moindre blasphème,
On discutait avec méthode et fruit,
Quand d'un gros *pet* on entendit le bruit...
Sans sourciller, l'auteur prit la parole :
« De nouveautés nous tenons une école
« Pour détrôner l'abus, le préjugé;
« Par vous, Messieurs, je veux être jugé!
« Oui, par ce pet j'écrase la routine,
« J'écrase aussi la vesse clandestine,
« Et sans rougir je puis vous attester
« Que désormais vous m'entendrez péter!
« Péter tout haut deviendra ma méthode,
« Dès ce moment j'en introduis la mode,
« Et vous invite, ô chers et bons amis!
« A me donner sur ce cas votre avis :
« Quand chaque jour on tousse, on éternue,
« Un pet serait de moins bonne venue (1)?

(1) Pour moi je pense que l'on devrait péter aussi tranquillement que l'on tousse, que l'on éternue; la honte et le ridicule attachés à la sortie brusque et inopinée d'un vent, sont les effets d'un vrai préjugé; formons une ligue, établissons une société dont tout l'objet soit de rendre aux hommes la liberté dans l'usage des pets, etc.

(*L'Art de péter*, page 22.)

« Je dirai plus : En guise de bonjour
« Un joli pet sera de mode un jour,
« Et devant vous déjà je l'inaugure... »

A ce propos s'échappe un doux murmure,
De péter tous on donna le signal...
Ainsi fut dit sur le procès-verbal !

DEUXIÈME LIVRAISON

Tel un malade entre en convalescence,
Tel on ouvrit la seconde séance :
On valida tout ce qui s'était fait.
De la *méthode* on approuva l'effet ;
On enchérit, on fit mainte merveille,
Et l'on péta bien plus fort que la veille.
La Société, dans cet heureux moment,
De ses statuts posa le fondement.

Les bonnes mœurs, le respect, la décence,
De nos statuts sont la base et l'essence.

Pour inculquer à d'autres notre foi,
Prêcher d'exemple est la suprême loi.
Oui, c'est bâtir des châteaux en Espagne
Que d'employer, comme fit Charlemagne,
Le fer, le feu, pour nous persuader...
Ah! gardons-nous d'ainsi nous dégrader!
A l'arbitraire opposons des limites,
Par la douceur on fait des prosélytes,
Et Charlemagne eut vaincu les Saxons
S'il avait pu recevoir nos leçons...
On se prépare une peine infinie
En méprisant les lois de l'harmonie...
Sainte harmonie! ô doux présent des cieux!
Daigne toujours nous suivre en tous les *lieux!*
Que tes accents désarment les barbares!
De doux accords ne soyons pas avares :
Pétons toujours, pétons et méritons
D'être bientôt loués sur tous les tons...

Ainsi fut dit, et la saine logique
Nous indiqua ce mot, ce mot magique :
Fraternité! Ce fut du franc-péteur
Et la devise et le droit protecteur!

Puis, en osant narguer le ridicule,
Chaque péteur se conquit un émule :
A leur appel le bon sens répondit,
Et chaque jour la Société grandit.
Sous l'étendard de la philanthropie
Chaque péteur a fait une œuvre pie...

En se donnant le nom de francs-péteurs,
Des francs-maçons sont-ils imitateurs (1) ?
Non, non, jamais ! Ce serait calomnie :
Les francs-maçons ne leur font point envie.
Point de crachats, de rubans, de cordons,
Dont aux grands jours s'affublent les maçons ;
Pour un *faux* frère on ne fait point de quête.
Modestement le péteur fait conquête ;
A la tribune il ne dit que ces mots :
Pétez, pétez, ou vous êtes des sots !

(1) On n'eut point intention, comme des critiques l'ont prétendu, de parodier les francs-maçons ; on les respectait trop.
(*L'Art de péter*, page 30.)

TROISIÈME LIVRAISON

Pour *directeur* on choisit le plus digne,
Et sur le champ cette faveur insigne
Fut décernée à toi, premier péteur,
Qui sut péter sans parrain ni tuteur!

Le plus zélé d'entre la jeune troupe,
Dont le *sifflet* dominait chaque groupe,
Fut élevé soudain au second rang
Et proclamé péteur *vice-gérant*.

Et l'on venait à peine d'ainsi faire
Qu'on installa le gentil *secrétaire*.

Plume dorée, en prose comme en vers,
Tu nous diras les abus, les travers,
Que la routine entretient dans la France!
Dis le remède à la moindre souffrance,
Offre à chacun le repos, le bonheur :
Et que faut-il? Devenir franc-péteur!

Les bons écrits excitent le courage,
Les bons écrits du Temps bravent l'outrage :
Ils porteront à nos derniers neveux
Et nos travaux, nos desseins et nos vœux.
Ils leur diront que d'une main habile,
En affrontant et la haine et la bile,
Nous avons su démasquer l'imposteur
Qui, des humains, enchaînait la vigueur.
Il leur disait : « La vie est un passage
Semé d'écueils, où l'homme le plus sage
A chaque pas craint de s'aventurer...
Sur son voisin il doit se mesurer,
Prendre l'avis du curé, du vicaire,
Et pour un rien chercher l'apothicaire... »
Ainsi de l'homme on abrutit l'instinct,
Et le cerveau, la rate ou l'intestin,

En vrais sournois, pas un *mot* n'osent dire.
De l'imposteur nous détruisons l'empire
En proclamant partout, à haute voix,
La Liberté, dont nous aimons les lois!
La liberté! c'est la loi de nature,
Où l'ignorant fit plus d'une rature;
C'est en pétant qu'on lui rend son éclat.
De péteurs donc embrassons tous l'état!

Je dis : Péter est la loi de nature!
D'un bon derrière admirons la structure :
L'anus, voyez, est froncé sur ses bords
Pour moduler d'agréables accords...
Je vous le dis ou plutôt le confesse :
En appuyant sur l'une ou l'autre fesse,
Vous agissez puissamment sur le son,
Vous imitez la flûte ou le basson!

Qu'un vrai savant se creuse la cervelle
Pour découvrir une étoile nouvelle.
Qu'il soit Herschel, Arago, Leverrier,
Moi, de Givors, j'aime autant le verrier...

Si l'on nous dit qu'au bout de sa lunette
Leverrier voit une *fausse planète*,
Que nous importe, à nous? Notre dessein
Est de savoir soulager notre sein.
Pour conserver le ventre toujours libre,
Amis, il faut que le derrière vibre!

QUATRIÈME LIVRAISON

Nous l'avons dit : Ecrire est une gloire.
Les écrivains au Temple de mémoire
Ont une place immense et bien garnie :
Ils ont en main la palme du génie !
Mais l'écrivain à l'aise prend son temps,
Et s'il n'a plus la séve du printemps,
A son loisir il travaille, il médite,
Compulse même un auteur qu'on édite...
Pour l'orateur, il n'est point de retard,
Il improvise, et, d'un simple regard,
Il flatte, émeut, et porte au fond de l'âme
Le sentiment que sa cause réclame.

Du cœur humain il connaît les replis,
Ses arguments de raison sont remplis.

Il fallait donc à notre Compagnie
Un orateur, digne enfant du génie,
Pour progager partout la vérité
Et faire au loin rayonner sa clarté.

Un jeune frère ainsi tint ce langage :
« En ce moment, je vous donne le gage
Que dans mon cœur je ressens vivement
L'ardent désir d'être du *Parlement*,
Car, l'autre jour, après notre séance
(Je vous le dis en toute bienséance),
Dans un salon de haute société,
On le sentit : quelqu'un avait pété!...
Femme jolie, arrivant de Grenoble,
Jeune, bien née et de famille noble,
Vint à rougir, et rougir à tel point,
Qu'on dit : c'est elle, et nul n'en douta point.
Or, sans mot dire et la tête baissée,
Tremblante, émue, et d'elle embarrassée,
Elle sortit... Alors tous les railleurs
Dirent ensemble : Elle va *faire ailleurs!*

Prenant à cœur l'état de cette dame,
Je la suivis; plein d'une vive flamme,
Je me hâtai... Je l'atteignis enfin,
Et plein d'ardeur j'accomplis mon dessein.
Il me fallait convaincre cette belle
Que de péter n'était chose nouvelle,
Et qu'en pétant avec force et vigueur
A ces manants elle fit trop d'honneur.
Je lui dis donc : « Femme trop adorable,
« Daignez jeter un regard favorable
« Sur ces statuts rédigés en ce jour,
« Et puissent-ils mériter votre amour!
« Se réunir sans contrainte et sans gêne,
« Et dégager l'azote et l'hydrogène,
« Mettre en commun la peine et le plaisir,
« Par de doux pets charmer un doux loisir,
« Tel est le but qu'en ce jour se propose
« Le franc-péteur... *Sentez-vous bien la chose?*
— Oui, je la sens, me dit-elle soudain,
Son doux parfum se promène en mon sein.
Je fais serment de consacrer ma vie
A l'ornement de votre Compagnie,
Et de ce pas allez placer mon nom
Sur l'édifice, au centre du fronton!..

A ce récit, en commun on répète,
Pour consacrer cette belle conquête :
Embrassons-nous ! Et que chaque péteur
Dise en pétant : Vive notre orateur !

CINQUIÈME LIVRAISON

Case on nomma l'immense et beau local
Qui des péteurs fut le lieu principal;
D'autres voulaient prendre le nom de *loge* (1),
Mais sagement, cela fait notre éloge,
On rejeta ce mot trop ressemblant
Au mot admis par le Grand-Orient.
On évita par là toute méprise :
Les procédés toujours, quoi qu'on en dise,

(1) On ne voulut point prendre le mot de loge, et, il est bon de l'observer ici, dans la crainte d'être soupçonné d'imitation, on voulut éviter la confusion jusque dans les termes, tant la prudence et la sagesse présidaient à la naissance de cette illustre société.

(*L'Art de péter*, page 30.)

Doivent servir à nouer les rapports;
Pour les nouer nous ferons maints efforts.
Arrière, arrière, à tous instincts brutaux!
Aménité flotte sur nos drapeaux,
Appelle à nous et la fleur et l'élite
Du citadin et du cosmopolite,
Et nos rapports s'ouvrant un horizon
Iront toucher aux confins du Japon!

Dans les faubourgs on mit des succursales,
Et l'on péta dans de nouvelles salles
Faites exprès, simples dans leurs décors;
De faste point, ni dedans ni dehors.
Mais l'acoustique, avec soin ménagée,
Doublait le son... Une double rangée
De simples bancs recouverts de velours,
Du grand salon garnissaient les pourtours.
On propagea dans les villes voisines
Ce nouvel art; les cousins, les cousines,
Tous les parents soudain sous nos drapeaux
Vinrent former de dociles troupeaux.
On s'embrassa, la haine fut bannie,
Des francs-péteurs la méthode est bénie,

Et les humains trop longtemps divisés
Furent alors dans nos *cases casés*...

La Vérité est notre seul emblème ;
Le franc-péteur ne connait qu'un problème :
C'est de pousser sans retard au dehors
Le gaz errant qui lui gonfle le corps.
Des facultés l'assiette est rétablie :
Un vent souvent chasse une maladie (1) !

Des francs-péteurs aux forts tempéraments
S'en vont bientôt dans les départements ;
Quelques-uns même ont passé la frontière :
De la routine ils vont combler l'ornière.
On les écoute, on goûte leurs propos ;
Il n'est pour eux ni trêve ni repos :

(1) On doit reconnaitre que, parmi les préceptes salutaires de la vie, non-seulement les pets, mais encore les rots, doivent être libres. On peut voir ces arguments dans la neuvième épitre familière de Cicéron : *A pœte* 174, et l'on y verra entre une infinité de bons conseils, celui-ci : qu'il faut se conduire en tout selon que la nature l'exige. D'après de si excellents conseils, il est donc inutile d'alléguer avec emphase les lois de la pudeur et de la civilité, qui, malgré les égards qu'on dit quelles exigent, ne doivent cependant pas l'emporter sur la conservation de la santé et celle de la vie même.

(*L'Art de péter*, page 17.)

Des livres saints les douces paraboles
Semblent couler dans leurs moindres paroles.

Arrière, arrière aux impudents moyens
Qui, chaque jour, trompent les citoyens.
Ces vils moyens qui révoltent notre âme
S'appellent *puff, prospectus* et *réclame.*
La circulaire à la Ledru-Rollin,
De Jules Favre emprunta le venin
Pour outrager, intimider la France...
Des charlatans vaine fut l'espérance;
La circulaire eut bientôt son effet :
Ce qu'elle fit à l'instant fut défait!

Des charlatans, hélas! quel est le nombre?
Tout l'horizon est couvert de leur ombre...
Pierre Leroux, et Cabet, et Proudhon,
De bien des maux vous possédez le don!
Considérant, en toi je considère
Que l'Icarie, aussi le Phalanstère,
Sont rêves creux, et je vois dans *ton œil*
L'égarement d'un délirant orgueil...

Pétons, amis, au nez de ces faux-frères,
Et puissent-ils rentrer dans leurs repaires!
Oui, si j'en crois le plus cher de mes vœux
L'humanité va se lever contre eux!

Nota. — Ce passage a été écrit en mai 1849, et chacun sait qu'un mois après la plupart de ces agents de désordre étaient arrêtés ou en fuite.

SIXIÈME LIVRAISON

Le choléra sévissait dans Paris :
Il en chassait et les jeux et les ris...
Il frappait fort au quartier Saint-Martin,
Et huit cents morts partaient chaque matin.
Or nos amis, en cet instant suprême,
Eurent recours en ce péril extrême
Aux francs-péteurs, et voici sur quel ton
Le président leur répondit, dit-on :
« Du choléra l'implacable nature,
« Aux fossoyeurs donne une ample pâture,
« Et d'Hippocrate il se moque et se rit;
« A l'improviste il frappe, et tout est dit...

« C'est sur la peur qu'il fonde sa puissance;
« La peur aussi fait que la résistance
« Est annulée... Or voici, citoyen,
« Pour te sauver l'infaillible moyen :
« Le choléra s'introduit par ta bouche,
« Et sur le champ te voilà sur ta couche.
« La peur te prend et te glace d'effroi,
« Ton œil est morne et ton cœur devient froid.
« Pour tout remède, à cette heure dernière,
« Avec effort tu serres le derrière;
« Le choléra, que tu retiens captif,
« Pour te tuer n'a pas d'autre motif,
« Car si l'anus lui livrait un passage,
« Tu le verrais, fais-en l'apprentissage,
« De ton derrière à l'instant, tout honteux,
« S'enfuir au loin sous un effort venteux...

« En vain tu dis : La peur est la plus forte!
« La peur, dis-tu, sur la raison l'emporte,
« Et fait fermer ainsi qu'une prison
« Ton *orifice* au plus léger frisson.
« Ecoute-moi, si tu n'as le courage
« D'entretenir facile le passage

« D'où doit venir demain ta guérison,
« La ruse doit remplacer la raison.
« Du grand Raspail la fine cigarette
« A ton appel ne sera pas muette.
« Avec douceur, en ce lieu clandestin
« Qu'au bas du dos on appelle le *rein*,
« Introduis-la. Soudain cette ventouse
« De fonctionner se montrera jalouse,
« Et d'un air frais le rapide courant
« Rafraîchira ton intestin brûlant.
« Du choléra tu pourras à ton aise
« Par ce moyen éteindre la fournaise. »

Ainsi fut dit. A la voix du péteur
Paris sentit renaître sa vigueur.
Du fin cigare il fit l'apprentissage,
Et la santé revint sur son visage.
Du bas des reins, par cet emploi nouveau,
La santé vint ranimer le cerveau.

La Renommée, embouchant la trompette,
Dit à chacun prenez la cigarette

Et respirez par l'un et l'autre bouts...
Péteurs, chantez, la victoire est à vous!

Dès ce moment, au Temple de mémoire,
Du franc-péteur on célébra la gloire,
Et pour jamais, à l'aide du burin,
On la grava sur le bronze et l'airain!

SEPTIÈME LIVRAISON

L'empereur Claude, un des grands potentats,
Fit publier un jour dans ses Etats
Qu'ayant à cœur la vie et le bien-être
De ses sujets, il donnait à connaître
Qu'il ordonnait à tous, grands et petits,
De bien péter (1). Une foule d'écrits
Sont répandus dans toute la province,
Et l'on bénit la volonté du prince

(1) Cet empereur, trois fois grand, ayant appris au rapport de Suétone, de Dion et de bien d'autres historiens, que quelques-uns de ses sujets avaient porté le respect jusqu'au point d'aimer mieux périr que de péter en sa présence, fit publier un édit, par lequel il permettait à tous ses sujets de péter librement, même *à sa table*, pourvu qu'on le fît *clairement*.

(*L'Art de péter*, page 22.)

Par des concerts, des sons harmonieux,
Dignes en tout de la bonté des dieux!

Et les Anciens, à Memphis, au Grand-Caire,
En méprisant la routine vulgaire,
Ont décrété d'adorer le *dieu Pet* (1):
Des Pharaons il obtint le respect...

Le prêtre, lui, dans l'intérieur du temple,
De bien péter donnait le bon exemple;
On augurait d'un pet sec et serein
S'il ferait beau dans trois jours ou demain.
Un pet gluant annonçait temps humide;
On préférait un pet dur et solide.
Le baromètre alors point n'existait,
Et le derrière à cet emploi servait (2).

Reconnaissons quelle heureuse influence
Exerce un pet sur notre intelligence;
Disons surtout qu'un pet bouillant, actif,
Sait relever un courage craintif.

(1) Les Égyptiens avaient fait du pet un dieu, dont on montre encore les figures dans certains cabinets.
(*Dictionnaire abrégé de la fable*, par Chompré, au mot : *Crepitus ventris.*)

(2) Les anciens, d'après la plus ou moins bruyante sortie de leurs pets, tiraient des augures pour le temps serein ou pluvieux.
(*L'Art de péter*, page 23.)

Avec ferveur une famille entière
Pour un malade adresse une prière :
Celui-ci pète, et, l'espoir renaissant,
D'un moribond fait un convalescent (1).
Un nouveau pet excite un doux sourire,
Et le docteur à l'instant de prédire
Que le malade offre beaucoup d'espoir,
Qu'il dormira, qu'il ira bien ce soir.

Un pet pressé pour sortir de sa loge,
Avec fracas et s'éloigne et déloge;
Il court au loin et, gaillard, fanfaron,
D'un vrai guerrier il prend l'air et le ton.
Il en revêt et le port et l'armure,
Gaîment Bellone à son aspect murmure,
Mars applaudit au péteur belliqueux
Et lui promet des triomphes nombreux.
Quand d'un héros il prend le caractère,
Alors il plait à tout homme de guerre;
Un pet sonore imite le canon :
Il en produit et l'odeur et le son,

(1) Près d'un malade, une famille en pleurs attend le fatal moment qui doit lui enlever un chef, un fils, un frère; un pet parti avec fracas du lit du moribond suspend la douleur des assistants, fait naître une lueur d'espérance, et excite au moins un sourire.

(*L'Art de péter*, page 24.)

Et d'Austerlitz on croit flairer la poudre
Lorsqu'au grand air un pet vient se dissoudre.
Au loin l'écho répercute le son,
Que le berger répète à l'unisson...

Un joli pet doucereux et flexible
Sait influer sur une âme sensible.
Il porte au cœur l'espérance, et soudain
D'un orgueilleux il brave le dédain.
L'égalité chez lui met son empire :
Un potentat malgré lui le respire.
Il frappe au nez de l'opulence; toujours
Il le poursuit sur l'ouate et le velours.

Le souvenir de toutes ces prémices
Aux francs-péteurs procurent des délices.
Quels souvenirs! L'appui d'un empereur,
Pendant mille ans des prêtres la faveur,
Des guerriers même avoir gagné l'estime,
Etre fêté par Valère et Maxime,
D'un médecin avoir guidé les pas,
Bravé la mort, reculé le trépas...
Je veux, demain, vous révéler encore
Bien d'autres faits dont le péteur s'honore...

HUITIÈME LIVRAISON

Va loin de nous, mortel atrabilaire,
Va te courber sous le froc et la haire,
Et laisse-nous dans cet auguste jour
Nous pénétrer de tendresse et d'amour,
Pour recevoir, bénir un nouveau frère,
Auquel notre ordre aujourd'hui l'on confère.

Approche-toi, fortuné candidat,
Et viens jurer de remplir ton mandat.

Un bon vouloir, un courage héroïque,
Tout rapporter à la chose publique,

Péter, péter, en dépit des clameurs,
Sont les vertus qu'il faut aux francs-péteurs!
Si le public est sourd à vos avis,
Remettez-les vingt fois sur le tapis,
Et vous pourrez un beau jour vous convaincre
Qu'avec le temps on est bien sûr de vaincre.

Quand d'un esclave on veut briser les fers,
Le droit chemin vaut mieux que le travers.
L'esclave doit demander assistance,
Savoir lui-même aider sa délivrance...
Péter trois fois, dire à l'introducteur :
Frère, je veux devenir franc-péteur!
Je me soumets aux plus dures épreuves,
Et de péteur j'ai déjà fait mes preuves;
Pétant la nuit, le matin et toujours,
Pétant derrière et devant, au rebours,
Pétant au nez de mon barbare maître,
Comme péteur je me suis fait connaître,
Et j'ai bravé maintes fois son courroux;
Je vous le dis : Recevez-moi chez vous!

De nos égards un tel vouloir est digne;
Au candidat une faveur insigne

N'exigera que pendant douze mois
L'étude à fond de nos sublimes lois.

Du franc-maçon laissons là les misères,
Nos examens sont plus longs, plus sévères,
Car en trois jours on vous bâcle un maçon;
Et même on dit (mais ce n'est qu'un soupçon)
Qu'un peu d'argent sait aplanir la route :
Sur ce propos nous admettons le doute.
Le franc-péteur ne souille pas sa main
Au frottement de ce métal si vain
Qu'à la *coulisse* on chérit, on adore;
D'autres vertus le franc-péteur s'honore,
Et nul courtier, soit en *titre* ou *marron*,
Du franc-péteur n'a vu rougir le front...

Chez nous l'étude est ainsi répartie :
De douze mois on prend une partie
Pour se nourrir des premiers documents,
Flairer, sentir, les premiers éléments
Qui, de notre art, font la solide base,
Et puis après, sans efforts, sans emphase,
On se hasarde à péter en public;
Bien doucement on presse l'alambic,

Tout en cachant le bout de la cornue...
Au premier pet on croit qu'on éternue,
Et l'on distille au nez de son voisin
Un petit pet doucereux et benin.
Ainsi, déjà l'on pète dans la rue,
Et des *six mois* telle est la bienvenue.
Mais au *septième* on s'avance à grands pas :
Il faut péter au milieu d'un repas,
D'un grand repas de bonne compagnie ;
L'assaisonner de fine répartie,
Et faire ainsi qu'au moment du dessert
De trente pets commence le concert,
Et que soudain une décharge vive
En franc-péteur change chaque convive.
C'est en *neuf mois* d'un pénible labeur
Que ce succès couronne le péteur.
Trois mois encor d'ardeur et de courage
Termineront ce rude apprentissage.

NEUVIÈME LIVRAISON

Le candidat redoublera d'ardeur
Pour terminer sa tâche avec honneur :
Il pétera sans scrupule et sans crainte,
Comme on pétait autrefois à Corinthe.
En imitant la docte antiquité,
Comme Pindare il dira : J'ai pété !

Mais quelle est donc la fin de cette tâche?
Doit-on péter sans repos ni relâche,
Ou de la foudre imiter les éclats?
Vous le saurez; avant, ne riez pas...

Amis, il faut, dans cette épreuve rude,
Persuader la dévote et la prude
Que de péter devient un saint devoir.
Le voyez-vous? Comme d'un encensoir
Le pet s'élève en légère fumée,
Votre narine est soudain parfumée,
Et cet arôme anime le cerveau,
Chasse le *spleen,* donne plaisir nouveau;
Par son secours le génie est à l'aise,
Il inspira Rubens et Véronèse.
Dans l'atelier les pets sont propagés
Et les beaux-arts par eux sont protégés.

Et la dévote, à notre avis rangée,
De sa contrainte à l'instant est vengée.
Elle s'écrie : O le plus beau des jours!
Jour de bonheur, tu dureras toujours...
Je m'affranchis d'une longue contrainte;
Je veux péter sans regret et sans crainte,
Et dès demain, pour saluer l'aurore,
Je veux péter soudain, toujours, encore!

Du postulant cet heureux résultat
Fut constaté par un certificat.

Certificat, retenez bien la chose,
Bien imprimé sur charmant papier rose,
Signé, timbré des armes de l'écu,
Soit : *un zéphyr échappé d'un gros c***;
Puis aussitôt, pardevant chaque frère,
Le candidat, sans façon ni mystère,
De son insigne à l'instant revêtu,
Des francs-péteurs posséda la vertu.

Avant d'entrer dans l'intérieur du temple,
Le nouveau frère avidement contemple
Les grands tableaux que l'on voit appendus
Dans le salon nommé des *Pas-Perdus*.
Et que voit-il ? D'Alger un pauvre esclave ;
Des cardinaux enfermés au conclave ;
Un militaire au boulet condamné ;
Une matrone expose un nouveau-né ;
Un peu plus loin une femme en lunette,
Vieille et ridée, ignoble silhouette,
Du préjugé nous montre le portrait,
Et l'ignorance auprès d'elle apparaît :
A ses côtés on voit des *livres bleus*...
Un moine, ici, vient prononcer ses vœux ;

Un courtisan, chargé de chaînes d'or,
Obtient toujours, et sollicite encor...

Voyez plus loin, sous des abris de chaume,
Un orgueilleux; voyez maître Guillaume
De Quincampoix... De parchemins vêtu,
Seize quartiers font toute sa vertu.
Un coffre-fort excite sa colère;
Du commerçant, dit-il, c'est le salaire...
Il se nourrit de sottise et d'orgueil :
Des insensés il grossit le recueil.

En cet instant la nuit étant venue,
Au lendemain ajourna la revue.

DIXIÈME ET DERNIÈRE LIVRAISON

En reprenant l'étude de la veille
Notre péteur vit une autre merveille.
Il s'arrêta devant un grand tableau,
Dont le sujet n'est, certes, pas nouveau :
— Un grand fluet, vêtu d'étoffe noire,
D'un noir Palais traverse le prétoire.
A sa démarche, à son air affairé,
On voit un juge allant en *référé*.
Sa longue robe, à ce que l'on assure,
Peut enfermer une *double mesure*,
Aussi *deux poids* ; sur son bonnet on lit :
Par des présents on transforme un délit,

Et sa tunique est faite de manière
A nous donner ou l'*ombre* ou la *lumière*.
Son vêtement est tout en désarroi;
Sur chaque maille on lit : *De par le Roi*,
Appel, *Usage*, *Ordonnance* et *Coutume*,
On plaide ici pour charbon ou bitume...
Des avocats sont au fond du tableau :
Ils parleront pour du vin ou de l'eau,
En ayant soin de la tenir troublée;
A tous hasards ils parleront d'emblée!
— Un jour viendra (et ce jour n'est pas loin)
Où des plaideurs la justice aura soin...
Les francs-péteurs, aux premières vacances,
Diront : Thémis, dérouille tes balances!

En attendant, prudemment, chers lecteurs,
Loin du Palais se tiennent les péteurs...

Du sanctuaire enfin s'ouvre la porte...
De quel orgueil notre cœur se transporte!
Au loin, partout, une vive clarté
Nous dit qu'ici règne la Vérité...
Dans l'antichambre on laisse le mensonge,
La noire erreur et l'oubli, le vain songe :

Partout ici règne l'Egalité.
Sur un grand socle on voit la Liberté ;
Sa longue robe est drapée à l'antique,
Ses attributs sont de forme rustique :
Un joug rompu. Le prisme de Newton,
Dont chaque face, admirable de ton,
Peint l'univers et ses mille prodiges.
D'un olivier on voit grandir les tiges :
De ses rameaux les francs-péteurs un jour
Couronneront Bacchus, Vénus, l'Amour.

Le dieu Bacchus, qu'en ce temple on révère,
De la *franchise* est l'image sincère ;
Vénus, l'Amour nous montrent l'*avenir*
Couvert de fleurs. Voyez, voyez venir
Ces jeunes gens à la forme puissante ;
On voit en eux la société naissante,
Tête levée et marchant le front haut
Sur le vieux monde... Exempte de défaut,
Elle grandit sans abus, sans entraves ;
Plus de cachots, de tortures, d'esclaves,
L'Espagne même aura de sages lois...
De la Raison j'entends déjà la voix

Disant partout, dans les deux hémisphères :
De nos aïeux oublions les misères...
Que nos travaux soient partout en honneur :
C'est le désir de chaque franc-péteur !

Que mon sujet, chers lecteurs, vous *enivre,*
C'est mon espoir en vous offrant ce livre !

FIN DES FRANCS-PÉTEURS

AUXONNE, IMPRIMERIE DE VICTOR CHARRÉAU, RUE DE LA PAIX.

www.ingramcontent.com/pod-product-compliance
Ingram Content Group UK Ltd.
Pitfield, Milton Keynes, MK11 3LW, UK
UKHW020404220726
13923UKWH00004B/1735